A la abuela Carmela y el abuelo Curro.
A la yaya Mercedes y el abuelo Manolo

A todos los amigos que habéis compartido conmigo
vuestros recuerdos y, en especial,
a mi familia Pitas

Título original: *Avis, piranyes i altres històries*

Apartado de correos 225 - 46600 Alzira
www.algareditorial.com
Impresión: Liberdúplex
1.ª edición: marzo, 2020
2.ª edición: diciembre, 2020
ISBN: 978-84-9142-396-6
DL: V-233-2020

Abuelos, pirañas y otras historias

Rocio Bonilla

algar

Me llamo Nico y este es mi abuelo Rodrigo.
Lleva gafas, es muy amable y me enseñó a montar en bicicleta.
¿Por qué será que todos los abuelos llevan gafas?

Mamá siempre dice:
–¡El abuelo y tú sois como dos gotas de agua!

Pero no sé por qué lo dice...

A lo mejor lo dice porque a él, como a mí,
no le gusta la crema de calabacín.

COSMOS
MEGA
POWER

Me encanta que el abuelo Rodrigo me cuente historias de cuando él era pequeño y de su pandilla. Dice que su abuelo les ponía piedras en los bolsillos cuando el viento soplaba fuerte... ¡Pero ellos se las quitaban!

Me cuenta que su abuela, antes de dormir,
les calentaba los pijamas en la estufa,
a él y a sus hermanas, para que
estuvieran calentitos.

Un día, el abuelo me contó que la herida que tiene en la barriga
se la hizo un tigre cuando él era explorador.

Mamá dice que es la cicatriz
de la apendicitis.

¿Apendi-qué?

El abuelo sabe muchas cosas y me echa una mano
cuando no entiendo los problemas de mates. En cambio,
con el móvil soy yo quien le ayuda. Claro, dice que
cuando era pequeño no había móviles; solo unos teléfonos
que no tenían pantalla...
¿Cómo es posible?

Cuando me quejo de los deberes, el abuelo dice que tengo suerte
de poder ir a la escuela. Su padre, cuando era pequeño, no pudo ir
porque tenía que trabajar, así que aprendió a leer en casa
con el único libro que tenía.
Quizá por eso el abuelo Rodrigo tiene tantos libros.

tissues

Hay días que damos unos paseos muy largos, porque el abuelo dice que tiene que hacer ejercicio. Algunos domingos vamos al museo y hablamos bajito de las cosas que vemos pintadas en los cuadros. Una vez fuimos al parque de atracciones, y nos encantó. ¡Espero que volvamos pronto!

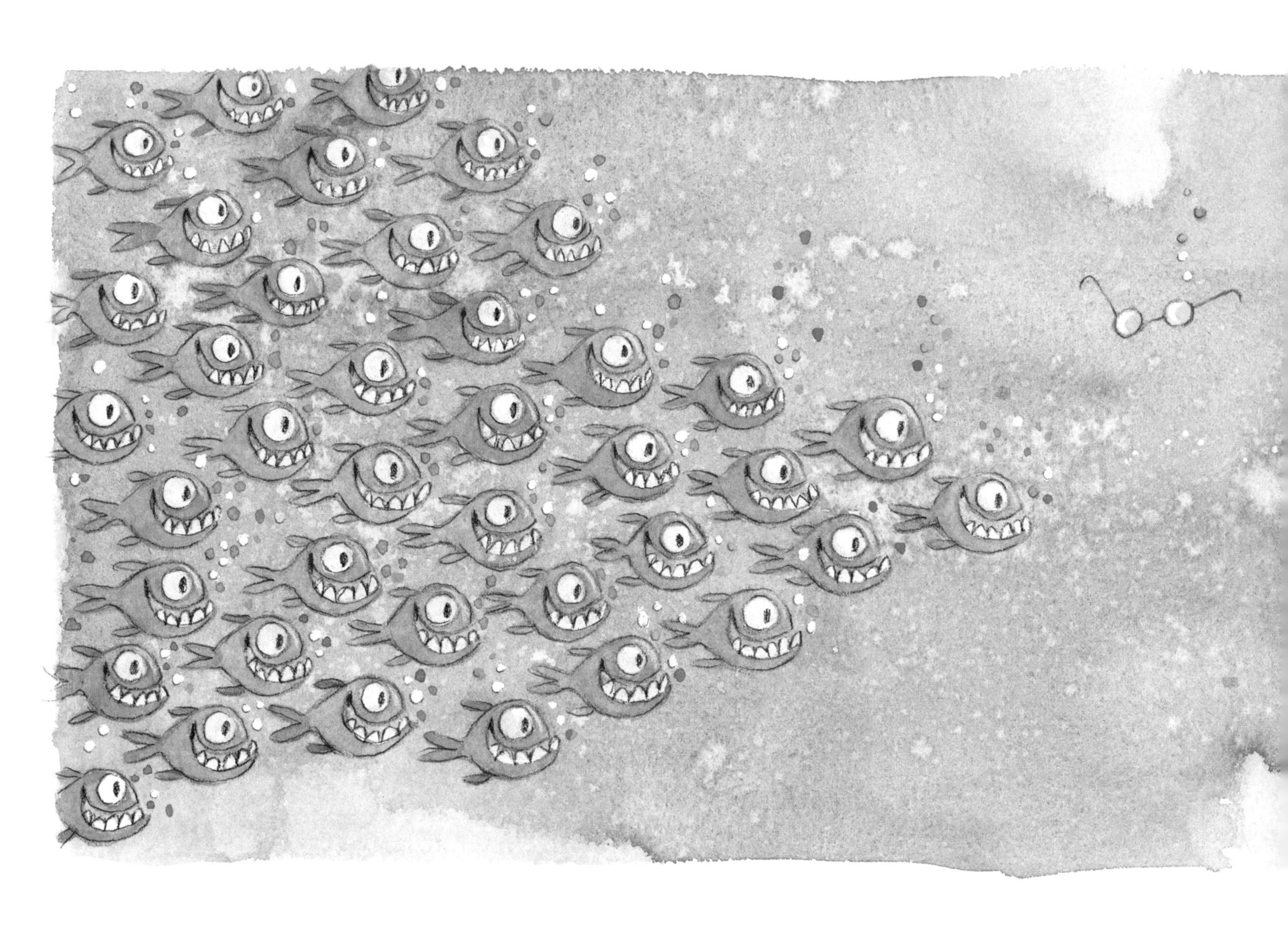

¡Y todavía nos reímos de aquel día que escapamos
de mil pirañas! ¡Por poco no lo contamos!
¡Suerte del barco pirata que nos salvó!

Pero mi momento preferido de la semana es cuando vamos a merendar con mi amiga Rita y su abuela, que se llama Mercedes y estudia inglés e informática.

A su marido un día le salieron alas,
como a mi abuela, y se marchó volando.
Hace ya mucho tiempo de eso, yo era
muy pequeño y no lo vi.

Un día no pudimos merendar como de costumbre porque
el abuelo Rodrigo y Mercedes se fueron juntos de viaje.
¡Nos enviaron una postal! Yo creo que se gustan.
¡Quizás un día se harán novios y se casarán!
Ay... ¿y entonces qué seremos Rita y yo?

A mi amigo Manuel también viene a buscarlo su abuelo, cuando termina el entrenamiento. Se llama Antonio y trabajaba de carpintero. Ahora está jubilado, pero todavía tiene un pequeño taller en el patio de su casa y nos enseña a construir casitas de madera.

Esas casitas son para la abuela de Manuel, que se llama Mila
y tiene muchos pajaritos: Dani, Fly, Lili...
¡No me acuerdo de todos sus nombres!
La abuela Mila nos deja mimarlos y darles migas de pan.
Después, toca el violín un ratito y se quedan dormidos.

Los abuelos de Berta vinieron a vivir a la ciudad cuando eran muy jóvenes. Él trabajaba de albañil y la abuela era cocinera en una casa.

A Berta le encanta comer en su casa, va todos los sábados.
Dice que su abuela es la mejor cocinera del mundo y que su abuelo
le hace cosquillas con la barba cuando la abraza.

Un día, Amadeo nos contó que tenía una bisabuela.
Es muy viejecita y le encanta tejer.
–Se pasa todo el día haciendo jerséis, bufandas y mantitas. Este gorro de lana que llevo puesto me lo he hecho yo, ella me enseñó –dijo orgulloso.

Los viernes por la tarde acompañamos al abuelo de Martita
a comprar el periódico, porque a veces se olvida
de cómo volver a casa y un día se perdió.
Después, nos regala una piruleta a cada uno y nos cuenta las noticias.
¡Qué cosas más raras pasan en el mundo!

PRESS MAG
BARCELONA
FOOTB
CALENDAR
STICKER
COOK
HOUSE
MOTOR
FOTO
FASHION
TRAVEL
CARS
SUNDAY
PACK
2
15 11
21
2x1

El abuelo me dice que siempre estará conmigo.
¿Será porque a él no le saldrán nunca alas,
como a la abuela, o como al abuelo de Rita...?

O quizá sea porque algún día seré yo quien cuente...

...cómo escapar de mil pirañas.

#graciasabuelosyabuelas

Lucas estaba convencido de que había nacido para volar. Miraba los aviones, intentaba fabricarse alas de todo tipo... Un día, su madre le puso un libro en las manos y ¡Lucas empezó a volar!

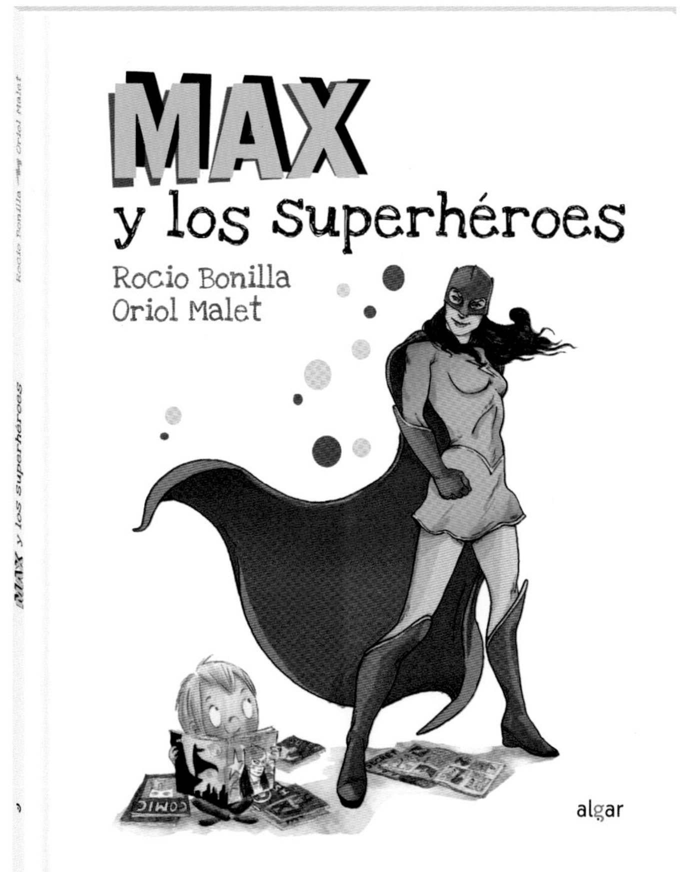

A Max le fascinan todos los superhéroes pero tiene uno que es su favorito. En realidad, se trata de una superheroína: ¡Megapower!

algar

Rocio Bonilla

¿De qué COLOR es un BESO?

Rocio Bonilla

algar

¡También en formato cartón para los más pequeños!

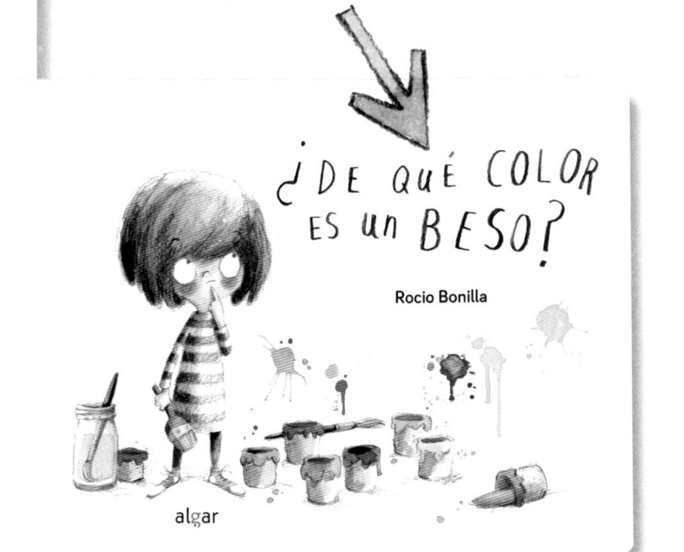
¿DE QUÉ COLOR
ES un BESO?
Rocio Bonilla
algar

¿Te aburres, Minimoni?

Rocio Bonilla

algar

Minimoni ha crecido y, aunque continúa pintando, también hace muchas otras cosas. Pero los domingos no hay nada que hacer. ¡Qué aburrimiento! ¿O quizás no?

res
os
uelos
as

Los me
mome
con mis
y abu

IMPRESCINDIBLES

ɿnoni le encanta pintar mil cosas
ɔres: mariquitas rojas, cielos azules,
ɔs amarillos... pero nunca ha
o un beso. ¿De qué color será?

Un divertidísimo libro
de actividades donde
encontrarás juegos, fichas
y trucos para desarrollar tu
imaginación.

Esta pareja de hermanos

siempre está peleándose. Pero, a veces, ¡viven momentos muy divertidos! Quizás, tener un hermano o una hermana no está tan mal…

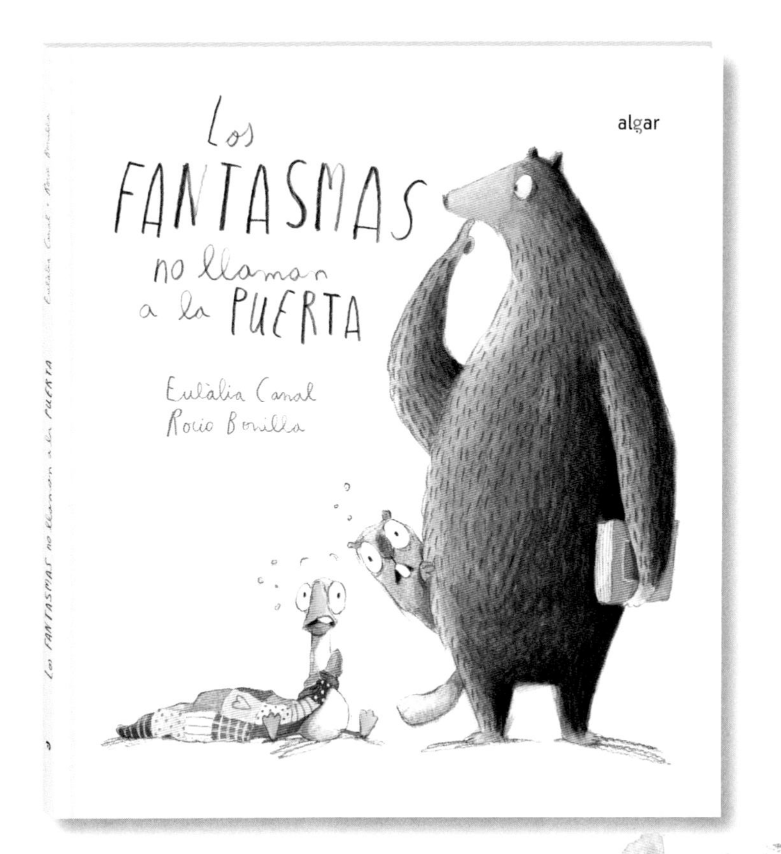

Oso y Marmota son amigos y siempre juegan juntos. Una tarde, Oso le dice a Marmota que ha invitado a Pato a jugar con ellos. Pero a Marmota no le gusta Pato… ¿Qué enredos provocarán sus alocadas ideas?

algar